漫簡下

天津金鉞

世宗批鄂爾泰奏摺諭云所奏甚是向聞爾料理得法故未諭及今既有此奏因將朕意諭爾凡轉移風俗之事須漸次化理不可拂民之意而强以法繩之也從前如湯斌等及幾任巡撫亦有爲此舉者皆不能挽回而中止反致百姓之怨望無濟於事如蘇州等處

酒船戲子匠工之類亦能養贍多人此輩有游手好閒者亦有無產無業就此覓食者倘禁之驟急恐不能別尋生理歸農者無地可種且亦不能任勞若不能養生必反爲非不可究竟矣惟在爾等地方大吏正己率屬徐徐化導使百姓明識其非樂從務本知其利害方可長久遵行風移俗化也萬不可嚴急使民失業究之蘇常等處還是禮義柔弱之

風雖習尚奢靡不過好爲嬉戲耳況人性多巧頗嫺技藝善於謀食較之好勇鬬狠之風相去遠矣若盡令讀書勢必不能若概令歸農此輩懦怯之人何能力田服勞將來不過棄鄉棄土遠徃他省仍務其舊業耳非長策也凡事順人情就風俗而理之從容布置委曲開導方可有成一點迂腐淺見存不得虛名務不得地方上刁頑衿紳縱不得末業小民苦不得必須一夫不獲其所若己推而納之溝中如此寬仁如此識見方可爲民父母若不計及久長祇顧一時高興非惟不能風移俗美翻成勞而無功只可善爲化導不可使小民失其生理也此朕密諭爾之旨不可令一人聞之要緊要緊竊繹此旨深足爲萬世治民者之法程不特就一時之論也而因勢利導凡臨百事又可類推矣

世宗硃批諭旨內鄂爾泰奏議有極爲御筆所加圈讚賞洵屬不刊之論足可爲後世效法而引爲烱鑑者引而伸之觸處皆通不必專限爲政也採錄警句快論於下　伏念國家設官分職凡以爲民耳但能利民則寬嚴水火皆所以爲仁而勞怨非所恤如不能因民則刑名教化皆足以爲病而廉惠非所居蓋謬拘臆見薄務虛名不以民事爲事不以民心爲心固未有能奏效者恐廉吏與貪吏罪相等好事悞事害更大見小不成欲速不達莫之或出此矣　竊惟國家政治祇有理財一大事田賦兵車刑名教化均待理於此財不得理則諸事不振故孔子不諱言財曰有大道本諸絜矩而財非人不理人非用不得理故爲政在人人存政舉歸諸修身是用人一事自大吏以至於一命皆有其責而

一身之分量等級庶政之興廢優劣胥視乎此未可不勤勤加意者也獨是政有緩急難易人有強柔短長用違其材雖能者亦難以自效雖賢者亦或致誤公用當其可卽中人亦可以有爲卽小人亦每能濟事因材因地因事因時必官無棄人斯政無廢事　苗性獷悍既經輸服勢難盡其根株若不及今規畫善策懾其心志安其身家使知法不可犯恩有可恃恐十餘年後又必將有事　總以屬員故習相仍猝難振拔以退縮朦混爲幹練公事以調停掩飾爲熟諳夷情　稍有瞻顧必不敢行稍有懈怠必不能行不敢與不能之心必致負君父而累官民　伏念邊方大事惟賦與兵弼以刑名期於無壞凡諸瑣屑皆所分寄若使各已就緒自應持其大綱示以鎮靜以馭羣材今於尚無條理時倘不

亟加整飭破其因循雖託言知體實無以濟用況督撫所謂小事至府縣則爲大事府縣所謂小事至本家本人則爲莫大之事稍有疎忽貽累匪淺臣每念及此實不敢少自懈怠以昧天良至於墮官守辱名器又其餘事矣

臣念可信不可信原俱在人而能用不能用則實由己忠厚老成而略無材具者可信而不可用聰明才智而動出範圍者可用

而不可信朝廷設官分職原以濟事非爲衆人藏身地但能濟事俱可用雖小人亦當惜之教之但不能濟事俱屬無用即善人亦當移之置之 非有振作之才難堪料理之任誠如聖慮洞燭無遺但振作料理雖須放膽原出自小心必謀終有成然後始事斯舉庶籌畫萬全可行久遠若稍涉孟浪惟計目前將興一利利未就而弊先伏除一弊弊未

革而害更大非所以盡臣職酬主恩也
楊椒山先生題郭劍泉歲寒松柏卷詩云君
去霜臺無御史君來秋省有刑官百年節操
惟松柏休負當時舊歲寒自跋云松柏雖歲
寒不彫然色視春夏則少異矣及至春夏欣
然蒼翠若與桃李爭芬芳者視歲寒時又異
焉不知歲寒之色爲本色耶春夏之色爲本
色耶則松柏者固隨時異矣然則吾人之操

當出乎松柏之上可也劍泉山立之操故常
變合一松柏惡足以擬之耶又年譜內云自
南之北由山東路乃特趨曲阜謁孔顏廟又
枉道登泰山至極頂因題絕句云志欲小天
下特來登泰山仰觀絕頂上猶見白雲還末
序云予讀孟子書以爲天下惟泰山爲高也
今陟其頂而觀之則知所謂高者特高於地
耳而山之上其高固無窮也予於是而悟學

之無止法矣按此二詩二跋意可照映皆先生自道本眞之言也題歲寒松柏卷詩尤足令讀者頑廉而懦立登泰山極頂詩則器小易盈者可深長思矣

楊椒山先生送張觀海分教偃城十韻詩跋尾云夫人有終日相處志或落落難合終身不相識亦有意氣相孚若素交然者蓋趨向之同與不同故耳觀海張子予雖未知其爲

何如人然自予下獄素相與者或遠避以示其疎詆排以忌其狂間有下石肆毒以取悅邀功於權奸之門者觀海乃通問不絕奔走不逮主張於公議羣聚談論之間雖時俗輩惕以重禍不恤也視素交者爲何如哉今之任偃城訓導予感其相知之深而悲其相違之遠也遂爲詩以贈之噫天不以科第與豪傑俾得行其志乃濫及予等闒茸者流不使

正人君子相與以共濟王事固隔絕阻抑之俾離其羣而索其居良可悲矣然相知以心而不以迹各盡其心以求自靖雖終身不相見可也否則此言之贈秖貽泛交之譏今日相知之義將不爲他日相見之羞乎言至於此又不覺其發狂矣嗟乎讀此不禁增知心惟難之感矣

道以術而歧理以玄而晦僧徒衲袈鐘磬之事起如來而問之如來必曰吾所不知也道士章呪符籙之術起老莊而示之老莊必曰吾所不解也儒家談天說性之學起周孔而告之周孔必曰吾所未聞也無乃皆失本旨歟

王勳臣醫林改錯一書久爲學者所詬病内如通竅活血湯能徧治多證且多神效誠未敢信如所論半身不遂窮其病原考其病前

辨其現證及論痿與補陽還五湯一方皆足資參證未可一筆抹煞又如血府膈下少腹逐瘀三湯方亦皆有見血府逐瘀湯方歌末句血化下行不作勞一語尤可玩味惟其書自名曰醫林改錯未免自負太過故醫林諸子羣起而攻之亦自召也

曾文正公日記手書影本云客來示以時藝讚嘆語不由中予此病甚深孔子之所謂巧令孟

子之所謂餂其我之謂乎以為人情好譽非是不足以悅其心試思此求悅於人之念君子乎女子小人乎且我誠能言必忠信不欺人不妄語積久人自知之不讚人亦不怪苟有試而譽人人且引以為重若日日譽人人必不重我言矣欺人自欺滅忠信喪廉恥皆在於此切戒切戒倭艮峰評注云不管人三怪否重否言總要忠信復斯言記此自警

曲園遺詩別所著書云老向文壇自策勳談經餘暇更詩文一齊付與人間世毀譽悠悠總不聞按此自論死後之言予之著作自就生前而言卽用其詩末句而易一字曰毀譽悠悠置不聞夫古者諸子百家各以其所學之獨得而著之於書前無古人後無來者自抒所見而已何譽之暇邀而毀之是避哉

侍生二字今俗以對男婦長幼皆可通稱往往於酬應之閒因此互相置喙莫可得當按此稱梁茝鄰稱謂錄考之甚詳茲記於此稱謂錄云孝經曾子侍鄭注卑在尊者之側爲侍今之稱猶此意也茶餘客話翰詹編檢以上於五部尚書左都總督稱侍生侍郎巡撫以下則否近則於三品京卿有稱侍者矣春曹儀式凡禮部司官投刺太常光祿太僕卿府尹侍讀學士祭酒及四品大小堂官稱侍

生本朝詞林典故凡翰詹除吏部外於五部
尚書左都御史吏部侍郎總督稱侍生又凡
前輩改他官雖係後輩統屬後輩永稱晚生
侍生再庶常於七科內前輩稱侍生如後
輩未散館時前輩暨至庶子以上後輩則稱
晚生更庶常未散館者於七科以前之前輩
亦稱晚生散館改官改稱侍生案今於輓婦
人聯幛中概稱侍生是誠不知所謂既已相

知來往何不以其夫與子輩分稱之侍字不
通生字亦不通錢按對女自稱侍生之誤在
乾嘉時即相沿已久有由來矣但此本屬應
酬泛文無關重輕仍宜各從鄉俗使人易曉
不必立異以自炫也

夫治學不同故古之諸子各成一家之言感
遇不同則後世文士而有文集之興時勢變
遷相因而起不必獨貴古而薄今也李笠翁

之書其體本同一集類也而其自序則標題曰一家言釋義下又自注云即自序總目標首立名則曰笠翁一家言全集不亦猶畫蛇添足乎

長洲彭文敬公蘊章自言前身爲一僧見其所著松風閣詩鈔筆玉僧詩序云予爲天台僧筆玉後身孩時於前身事頗能了了漸長漸忘成童後眞如隔世耳僧名永淨號雪綏

者係筆玉舊侶爲予述前身事甚悉己卯五月予歸自京師雪綏亦化去矣感而有作詩云筆玉僧六根清淨可成眞何爲辛苦來紅塵紅塵富貴世亦有爾來此處何緣因當時僧年二十七禪牀僵卧攖沈疾隴西居士舊知僧療以茯苓餌芝朮僧言我命不再延但感居士心茫然臨終稱偈謂儔侶不生極樂不生天當讀居士書當耕居士田壬子七夕

時嚮晨居士抱子僧後身梵音入耳輒成誦較聞經史意轉親舊遊緇客或相訪呼名一一如其人輪迴之說果虛誕兒童知識何由神因茲靜悟游魂理如香著花影在水僧原非我我非僧即我即僧無彼此宗門一叟號雪綏能言筆玉事終始祇今亦上北邙山不知更作誰家子百年塵海儻相逢安得同開法眼視

曾文正公日記云自立志自新以來至今五十餘日未曾改得一過所謂三戒兩如及靜坐之法養氣之方都只能知不能行寫記此册欲誰欺乎此後直須徹底盪滌一絲不放鬆從前種種譬如昨日死從後種種譬如今日生務求息息靜極使此生意不息庶可補救萬一慎之勉之無徒巧言如簧也倭艮峰評注云力踐斯言方是實學我輩既知此學便須努力向前完養精神將一切閒思維閒應酬閒

言語埽除淨盡專心一意鑽進裏面安身立命務要另換一箇人出來方是功夫進步願共勉之　按改過遷善之法此數語極簡要蓋人同此心心同此理向善之念人皆有之不患不轉只患轉之不堅甫轉上又轉下甫轉近又轉遠甫轉過來又轉過去耳

盛時彥閱微草堂筆記跋述紀文達公論聊齋志異之言曰聊齋志異盛行一時然才子之筆非著書者之筆也虞初以下干寶以上

古書多佚矣其可見完帙者劉敬叔異苑陶潛續搜神記小說類也飛燕外傳會眞記傳記類也太平廣記事以類聚故可並收今一書而兼二體所未解也小說既述見聞即屬敘事不比戲場關目隨意裝點伶元之傳得諸樊嫕故猥瑣具詳元稹之記出于自述故約略梗概楊升庵僞撰祕辛尚知此意升庵多見古書故也今燕昵之詞媟狎之態細微

曲折摹繪如生使出自言似無此理使出作者代言則何從而聞見之又所未解也留仙之才余誠莫逮其萬一惟此二事則夏蟲不免疑冰按蒲留仙聊齋志異一書其意本非同著書家亦非有意規倣小說類與傳記類殆因自負鴻才久困不顯而深惡夫天下文人學士之無足與于斯文也必借淫情穢事以投其所好而後吾之文始可有人寓目以傳于天下後世而膾炙于文人學士之口不過求所以傳其詞章耳文逵以著書家與小說傳記家衡之尙未爲知言也起留仙而告以吾言必始而胡盧而笑繼而撫膺大慟矣

夫人一視一聽一言一動與夫喜怒哀樂之發愛惡疑懼之生其所以然之作用皆由心君使之然也故事無巨細其臨之也必權之以心凡事只宜求以事問心不可使心隨事

揚則雖處叢脞之中亦安靜裕如而應遇得方矣不然以一人區區有涯之心思而逐天地茫茫無涯之萬象加之以隨得而喜隨失而憂隨順而驕隨逆而沮隨譽而興高隨毀而意忿豈非如莊子所謂以有涯隨無涯殆已予之心神時因事而飛揚浮躁不能鎮定此皆內不自堅外得以擾之毫無濟事反多妨害何異兒女子之見哉今記于此并論數語以自箴

儒之明體達用釋之無生無滅道之清淨沖虛于治世安民克己養正之道本屬並行不悖未嘗相迕而三教之徒往往互相排斥爭長嗤短何其多事之甚而不一思本源耶要宜各歸其所宗各依其所得不必相非亦不必相效究其實本未可非非之毫無所損本未可效效之未見其似也

吾鄉王從先先生又樸詩禮堂集介山自定年譜內云余見仕途艱險此中人事多有與書傳所不合者堅欲謝病歸期舌耕以終老按其時適在雍正初年上方整飭紀綱功令森嚴士大夫皆兢兢自厲畏法圖强介山先生生當其時身在局中而所見尚多有與書傳不合者至若季世仕途中人事尚堪問耶又詩禮堂雜纂記方望溪論文一則云方望

溪先生見余爲人作墓誌云凡此等揚人之善只取其一二大節爲人所難能者言之足矣不然或舉其遺行微言方合闡幽顯微之旨今人作墓誌必言其人居家孝友交人誠信而好義御下寬而嚴飲食衣服儉約而欵客豐竟說成一個全人究竟是泛常套子人文俱不傳唐喪筆墨無益也只如司馬子長作蕭曹二相國世家於蕭止言其收秦府圖

籍舉韓信爲大將轉關中粟以給軍及臨終舉曹參自代數事於曹則歷敘戰功及爲相但謹守蕭相約束而已圖籍舉韓轉粟三事爲漢得天下之大端至舉曹自代蕭曹二公不相能者也而如此此其忘私爲國眞古大臣之風卽此數事已將酇侯寫得千古獨絕其餘豈無他長然他相猶皆能爲者言之則刺刺長篇反足掩其大善至曹公與蕭旣不相能且武夫也攻城陷陣敢勇爭先是其素今爲相一味循循守所不喜之人之法令毫不肯更變以顯己才以彰前人之短雖客諫之不聽子諫之不聽至君言之始言其故此非大有學問人不能而乃得之于一武夫此眞有大過人者矣故寫此卽足史公如此等詳略實可爲千古作文之法也按介山先生所著史記七篇讀法卽皆從此說悟入而闡

發之也

十駕齋養新錄謂文集須良友刪削引白樂天云凡人爲文私於自是不忍于割截或失于緐多其間妍媸益又自惑必待交友有公鑒無姑息者討論而削奪之然後緐簡當否得其中矣按言爲心聲所以古人修詞立誠與其日後須人刪削何若其初不輕作之爲得耶

曾文正公日記云凡作詩文有情極眞摯不得不一傾吐之時然必須平日積理既富不假思索左右逢原其所言之理足以達其胸中至眞至正之情作文時無鐫刻字句之苦文成後無鬱塞不吐之情皆平日讀書積理之功也若平日蘊釀不深則雖有眞情欲吐而理不足以達之不得不臨時尋思義理義理非一時所可取辦則不得不求工於字句

至於雕飾字句則巧言取悅作僞日拙所謂修詞立誠者蕩然失其本旨矣以後眞情激發之時則必視胸中義理何如如取如攜傾而出之可也不然而須臨時取辦則不如不作作則必巧僞媚人矣謹記謹記此說與上條予言可相印

王夢樓跋宋楊雲麾碑云（見快雨堂題跋）昔人評李北海書病在攲側似專指此碑而言李秀碑

已不甚攲側岳麓則不動如山矣私謂唐太宗評右軍書以爲鳳翥鸞翔勢如斜而反正正攲側之謂也子敬妙傳字法而攲側尤甚北海全從子敬得筆仰契右軍張從申之不及北海正在不攲側耳以荒率爲沈厚以攲側爲端凝北海所獨尤雲麾所獨古人論書有不盡可憑者此類是也董文敏評李秀碑所謂雲霞變滅金鐵森翔則另一境界然亦

未始不相通耳按此論乃夢樓獨闢心得而以荒率爲沈厚以攲側爲端凝二語則夢樓之書其筆法即若是所謂中鋒側使也劉石庵之書其筆法寓虛靈於沈厚肆飛動於端凝與夢樓用筆正相反而相通夢樓書面似荒率攲側而實沈厚端凝石庵書面似沈厚端凝而實虛靈飛動後之學二公書者罕知此也特揭以示之

知不足齋叢書內沈作喆寓簡云莊子之學貴清淨無競然魏武侯欲偃兵莊子乃曰偃兵者造兵之本也佛氏之學貴智慧慈愛然陸亘爲宣城守欲以智慧治民南泉師乃曰斯民塗炭矣孰謂佛老之教專尙虛無而遠於治道哉按此與余前記三教未可互相排斥之說意可印證

世事皆積久而弊生人情皆相習而相矯循

轉革換勢使然也武侯讀書但觀大意淵明讀書不求甚解斯二人者一承漢季攷究事物穿鑿繁瑣之相尚一承晉季清談名理虛浮誇誕之相尚皆疾其弊而矯其習也故但觀大意者挹其要而棄其無當不求甚解者自求有益身心而已不必空言無補以飾智驚愚也後世漫引此二語爲美談者可不思歟

予嘗評國朝隸書（見卷上）桂未谷伊墨卿學力有餘才識不足鄭谷口金冬心才識有餘學力不足今更詳晰而爲之說桂伊之書多板滯少靈活才不足也專意法古形似而已識不足也惟千篇一律無一點一畫荒率者故曰學力有餘也鄭金之書超脫雄放才也得古蹟之神髓而不拘以形象識也惟少安詳穩重之致故曰學力不足也

日中則仄月圓而虧得失無常聚散莫定必然之理也故飄風暴雨不終朝俄喜壽悲等劇場何者爲眞何者爲假何者能久何者是暫試觀史册所載其豐功偉烈威震一時與夫茹苦含寃慘痛一時者今皆安在今皆若何惟如急流勇退懸崖勒馬者非眞識堅力卓而孰能哉噫若此者千古英雄中能有幾人進論其下焉者耶

莊子胠篋篇聖人不死大盜不止之言讀者恒驚而病之不知此貫前後文而言乃承上文盜亦有道啟下文竊鉤者誅竊國者爲諸侯而言實深嫉夫世之假仁義之言飾聖知之法而豺狼其心梟鷙其行者耳故曰大盜也此有所激而云然憤言也反言也謔言也

用兵之道强凌弱實勝虛勢必然也戰而後能守守而後能和我欲守矣力本不可以戰

其誰容我守哉我欲和矣力本不可以守其誰容我和哉觀夫奕局可以喻矣恆言創業難守業亦不易不獨謂守業者閒燕安榮驕奢淫佚之易生創業者奔波勞祿經營構造之難成也蓋能守者亦必兼夫能創以禦外患之來而後始可能守不然惛惛懵懵墨以守之即無驕奢淫佚則覬覦者亦自有術以誘之幾何不見其傾敗耶質言之守業者可以無才不可以無識創業者有識尤必有才耳

陳文恭公書牘有云隔山相望山之高低不在山也在乎人之心耳予謂人心不同有如其面況一人有一人之地位一人有一人之遇合一人有一人之事業茫茫宇宙種種萬端本非一人之材力所能盡而人亦各有能有不能只宜各安本分各遂天眞憂其所憂

樂其所樂羨人不如修己强同不如各異也

陳文恭公寄鄂文端書云人之聰明才力不相上下業事詩書亦無不明白義理辨別路徑及至臨事稍涉利害則每每止圖目前不顧久遠止顧一己不顧天下艮由看得一身之富貴太重故看得君民之事較輕耳年來嘗以此觀人即以此自責昨聞名論以萬物皆備之我爲我人有不恊皆我之責則視國家之利害皆我之利害天下人之賢愚皆我之賢愚上下千古參贊位育無非我分內之事迹似待我者輕其實待我者極重先儒以西銘一章爲仁字源頭者即此意也按世間只名利二字于分外者絲毫不可假借貪著若夫涖事則凡一事之來無論人事己事既當爲而擔任之皆當忠誠果毅力踐實行不辭艱阻不避嫌怨絲毫不可因循退縮如斯

則不惟增閱歷長才能千錘百鍊成一大人物亦正所以培養仁義之心也

陳文恭公書牘云此間應賑者十四處借種者十餘處應賑之處窮民多不願領有領去隨繳還者細詢其故以一經領賑終身不能發迹用爲可恥至今從無一人告求賑濟者此以見滇民淳樸勝於他省耳按近日辦賑一事至爲困難因窮民每多僞飾機巧百出以冀倖得人心不樸于斯爲甚以視此札所

言昔時情形爲何如哉吾鄉風俗每至隆冬富戶多有施捨玉米麪及棉衣者辦法皆係開條由受者自行向條上所註明之處持條領取誠善舉也而食之者往往皆係輾轉託人乞得而被轉託乞請者以善舉攸關人情誣諉無可推卻亦難詳察其實未必盡須乎此更有乞得玉麪條持條向米麪鋪領取時以之折換白麪者且一經到

手來年卽倚爲成例稍不如意怨望卽生而捨之者又必假手戚友亦未敢直自給予恐相接而來者無窮也聞先年曾有直自給予以致應接不遑衆窮氓或要之于途或擁諸門外閧鬧不休兼之以嫚駡捨者無如何只好傾囊告盡閉門不出甚且有與衆窮氓門頭乞罷乃止者可笑可憐可嘆眞難言也雖然大君子存心利物亦盡其在我而已下愚無知正所以可憐也

今人吳昌碩篆書頗有如王夢樓跋雲麾碑所謂以荒率爲沈厚以攲側爲端凝之致以此法按諸前人書中見諸行草者固有之見諸隸書者亦有之見諸篆書者極少殊難得也何子貞篆書雖亦攲側飄蕩高古蒼勁然其用筆則不同此法偶記於此俟與留心書道者一參證焉

儒者之道皆在日用尋常之間求所以不偏不易中庸而已舍日用尋常而外卽古聖賢亦無他長也佛老之道一逃空無一尙淸虛吾人于其書偶爾讀之如醫藥然因證而施藉資補救熱盛則涼之實盛則下之雖峻藥猛劑烈味毒品用其急救一時有其病以當之自不見其偏之爲害也

丁巳之夏養疴于陶陶別墅一夕霖雨初霽推窗納爽銜杯遠眺月印前溪酩酊漸醉把卷高吟口占聯云對月開樽無爲新鉤擊大白放懷讀史且將往迹任雌黃陶陶別墅在津沽集賢村予所築也命名之意私淑士行與淵明也一取其運甓習勞以爲有用一取其樂天自適以爲無用時予正延技師以學拳術及劍術也于習技之室復有二聯一云惟精惟一勿忘勿助時屈時伸克剛克柔一

云鍊起精神方好擔當風雨種些花木聊以涵養性情是年秋後河決爲災別墅竟浮水中此後漸就荒廢而予之武術亦遂中止矣

炫己之長形人之短最爲敗德且招厚怨以一言使人銜恨終身者有之以一言使人銜恨而遭其陷害報復以致殺身破家者有之縱無道人之短則自矜己長凡炫富炫貴逞才逞能矜學問誇道德表智識彰慈善皆足

以啟小人之謗貽君子之嗤吾是以深有想乎古之磨兜堅也故易曰括囊无咎

語言有難於文辭文辭作成後則尚可塗改語言一出口即不能追回故曰與人善言煖於布帛傷人之言深於矛戟可不慎哉可不慎哉

一事之得失往往旁觀者清當局者迷一人之是非往往同時與之交游者言未必公後

世與之無關者必有定論不但小人與君子有所阿私即君子與君子亦時有不免焉宋儒門戶之見如程朱師弟與眉山父子由今視之皆君子而非小人賢人而非姦人歷時已久無可疑惑而當時兩派互相詆訶不遺餘力試思其言爲公乎爲私乎其一念爲天理乎人欲乎君子小人乎此亦講求派別者所不可不加察後之君子亦可以知所鑒矣

文章也語言也書也畫也以及處身涉世也皆以得之中正沖和者爲上品矯揉奇怪者爲下品

凡物太柔固難立太剛亦易折吾人處身涉世亦同乎此無過不及乃克有濟故太公曰强而弱忍而剛

凡一技一能之能出類拔萃者未有不從千辛萬苦中得來博學通儒豈易言哉若夫自

然之妙乃苦後之甘也不經其苦徒思其甘未見其可也

昔遭先太夫人之喪從鄉俗寫哀聯云父歿欲身隨只爲撫孤廿苦節見生多命蹇每懷鞠我最酸心此聯自肺腑中傾倒吾母半生實錄亦可想見葢予爲庶出予生未百日而丁父艱時吾母年未二十也不肖愧少成立旣未能顯親於生前而潛德幽光又莫能闡揚於萬一痛心疾首灑淚記之

讀書看畫展册臨帖手汚痕迹最爲厭人一經汚漬便難滌去陸務觀詩看畫客無寒具手良有以也君子立身亦然雖有大純難掩小玭天地鬼神昭昭鑒察兢戒日戰戰慄慄日謹一日人莫躓於山而躓於垤

吾津窮於山而不窮於水當仲夏時夕陽西下欵乃中流行數里遥載月而歸一般清興

爽徹心脾野色更無山隔斷天光常與水相
連可爲此境一誦讀之

每當秋冬之交欵段郊原草木彫落景象蕭
條較諸春夏固迥不同然亦自另有一種可
人處回想春夏于炎風烈日間轉覺難得此
境也夫人隨遇而安本各有其樂只患不自
反而求耳程明道詩萬物靜觀皆自得四時
佳興與人同翁秀卿詩好鳥枝頭亦朋友落

花水面皆文章可三味焉

嘗遊田間見守田者宿團焦中較之潭潭府
中居者固有迥別然曉吸丹霞晚沐清風花
香馥郁菜色葱蘢亦自別有厚獲也由此推
之舉凡物理長中固自有短短中固自有長
何必自滿而傲人何必自餒而騖外仰觀乎
山俯視乎淵高之上猶有高在低之下猶有
低在高固無盡高低亦無盡低也放眼而觀

退步而想平其心靜其氣隨遇而安何等快活禍淺斯除煩惱自卻凡事欲化胡越而爲一家藏干戈而陳尊酒皆在一轉念間耳亦有何難故傳有之曰禍福無門惟人自召

今春三月初間挽姊聯云同氣連枝悲無一矣長空鳴雁聲應孑然淒涼夐曠感傷甚多

近爲南皮周氏宗祠撰一聯云厚德綿延歷

宋元明清簪纓罔替英才輩起看春秋冬夏俎豆長馨措語尚有渾穆氣象

傷寒瘟疫辨證微芒差之毫釐謬以千里上元戴北山先生（名天章字麟郊國初時人）廣瘟疫論一書簡明曉暢可寶也惜傳本甚少版必久佚（乾隆中葉戴氏自刻）侯謀刊之

厲樊榭以孝廉赴京就選道經天津查蓮坡先生留之水西莊觴詠無虛日留連三月遂

闕爲內院大學士次年出經略江南諸省逋寇以次削平後再出經略楚粵滇黔諸省西南底定皆其功也歸朝一年乃卒其家再成服受弔撰行狀不復敘前朝事但自佐命入門起有好事者嘗得其前後兩行狀訂爲一本云癒今世如洪文襄其人者其身後之行狀訃聞又皆將兩截之履歷灑然連書雙方之頭銜瞭然並列無庸分前後爲二而勞好事者之蒐稽訂爲一本矣

簷曝雜記榕巢一則云查儉堂禮爲粵西太平守署園有大榕樹一株其榦旁出者四儉堂謂可架屋其上也乃斲木爲書室名曰榕巢并以自號焉明窗淨几掩映綠陰中退食後輒梯而上品書畫閱文史頗爲退閒勝地丁艱去接任者來熟視笑曰此中大便甚佳遂穴其板作厠舍按儉堂爲吾鄉先輩此事

讀之可發一大笑亦焚琴煮鶴之類也因以見天下事物其雅俗皆因人措置而轉移原無定也得人則理失人則廢推之家國其興衰又無不皆然矣

前記嘗遊田間一則內有舉凡物理長中固自有短短中固自有長二語凡取人讀書皆當作如是觀以之取人則人盡在我陶冶之內而我不爲其所惑以之讀書是書皆有彼

心得之妙而我不爲其所囿蓋萬物無不短於其所長而長於其所短知此則化無用爲有用有用又或莫之用矣

論人不可苛刻論事不可偏執於泛論古人閒談往事中卽可以觀其人心地之厚薄胸度之廣狹器識之淺深矣

溫而厲恭而安此言聖德之形於外者也予謂作文作字亦要有此氣象

文與字皆要如菩薩低眉於雍容和暢莊嚴靜穆中自能降龍伏虎變化不可方物若如金剛怒目雖挺胸豎臂丈身尺掌亦只好驚卻愚氓怖走孩童耳再如牛鬼蛇神光怪陸離直外道矣不解其自以爲若何也

今人作詩每每好做某家而評人之詩亦每曰似某家夫詩者所以宣抑鬱達性情推其原始本自鳴天籟也各人有各人之胸懷各人有各人之情事絕難相倣絕難相似爾爲爾我爲我雖父子兄弟有不能盡同者況異代異時異地異遇者耶吁嗟詩人何徒枉費苦心舍己眞情而求事於陳迹哉

好金石書畫雅玩也藏金石書畫雅事也然若成癖轉增累矣甚且有與肆估鬬機械同友朋啟爭端襟懷沾戀俗態可匊天地間何莫非寄豈獨金石書畫應視如過眼雲煙哉

酷熱祁寒人皆畏之溫暖淸爽人皆願之天候如是人情亦然過淡則薄過濃則濁過疏則枯過密則俗此聖人之所以貴乎中和也致中和則天地萬物斯位育矣

恒見楹聯有句云文似看山不喜平此蓋言世所謂結構間架者也若夫理義則又如行途喜平而惡不平矣

諸子之書宜以心會道家之書未嘗不可通以治國法家之書未嘗不可通以治身兵家之書未嘗不可通以馭百事雜家之書未嘗不可通以理萬端諸如此類可以推之若夫拘拘于篇章字句之閒恐反昧乎其大旨矣

孫子曰百戰百勝非善之善者也不戰而屈人之兵善之善者也又曰以靜待譁以佚待勞又曰主不可以怒而興師將不可以慍而致戰合於利而動不合利而止怒可以復喜

愠可以復說亡國不可以復存死者不可以復生夫凡遇事逞忿一時而不計其利害者皆可以此說警戒焉心書曰身衛矢石爭勝一時成敗未分我傷彼死此乃用兵之下也亦可相印

吳子曰凡兵戰之地立屍之場必死則生幸生則死夫凡治事姑息敷衍而終不能有濟者吾用吳子之說而爲之建一詞曰必毀則

全苟全則毀故素書曰橛橛梗梗所以立功

管子之書有云國有四維一維絕則傾二維絕則危三維絕則覆四維絕則滅傾可正也危可安也覆可起也滅不可復錯也何謂四維一曰禮二曰義三曰廉四曰恥夫立國之道四維不張國乃滅亡立身之道亦何莫不然而尤以恥之一字至爲切要恥者百善之由生礪行之原起入德之近序誠綱常名教

之大本而人類羣接之大防也人而無恥尚何所顧忌哉無所顧忌將何事而不可爲哉悖禮蔑義倒行逆施其不至於覆亡者未之嘗聞也

夫兵者至凶之事也亦至重至要之事也彊國安民於以賴焉此先聖先王之所以一日不能廢而一日不可不講者也其用之也至慎其持之也至嚴其臨之也至敬安得吾人

處身涉世一一如用兵者之至慎至嚴至敬也哉如是而身之不立家之不理業之不成未之有也

尉繚子曰兵以靜勝國以專勝力分者弱心疑者背司馬法曰國雖大好戰必亡天下雖安忘戰必危皆可於用人治事之道有所悟焉

司馬法曰殺人安人殺之可也以戰止戰雖

戰可也此此雖言兵頗可通之于醫焉病有下之瀉之而反可以扶危救虛者此類是也

自古聖賢豪傑忠貞節義之士其文字皆是有樸無華有拙無巧有眞率無僞飾有雄直無軟媚言爲心聲如影隨形若乃其文字反乎此其志行亦必反乎此矣

自來貞烈之士其書法皆有一種清勁之氣流露於行墨閒而姦黠者其用筆多半具險

詭之姿蓋皆不自知其然而然心手之相應而不能相欺有如此也他則或端或僻或厚或薄或拘或放或澀或滑或陽剛或陰柔或爽朗或奧密或雍容或煩促或和靄或乖張或堅定而有力或靡弱而無骨或神流而氣肅或外强而中乾或淵渾而靜穆或浮淺而輕佻或修潔而峻峭或圓融而嫵媚無不各肖人之性情見其書即可以彷彿而知其爲

人也千載而上萬里之外按圖索驥鮮或爽
矣

凡能成立事業之人無論有若許短處總有一二特長凡致傾敗事業之人無論有若許長處總有一二特短各有因由理無或易若謂有幸有不幸斯則言其變而非道其常矣

晦晴寒暖天道之常憂喜勞逸人道之常有晴無晦有喜無憂有和暖無嚴寒有優逸無

煩勞未之有也貴爲天子不能事事順心賤爲奴僕不能處處拂意愈立大事業亨大受用者愈不知歷盡幾許艱難險阻顛倒拂逆如樹木之必歷秋冬迭受摧殘肅殺之後而後盤根錯節元氣內含堅其質而厚其原一俟春陽即油然而發育再經夏雨則勃然而茂盛矣四序循環未可偏廢偏廢則萬物皆將不得遂其生人之所以爲人亦猶是也凡

嗟天怨命嘆微傷寠器識既淺福澤將薄縱得騰達難期英烈故君子只求順理不求順心若概求順心不但失之放天下亦斷無盡順無逆之境遇也是以於理則順雖被刀鋸斧鉞而神明灑然於理不順卽處朝堂華膴而天君戚然然則順理卽所以順心理悖而心必爲之不安淸夜自反此心難昧理卽在心應用無窮何事遠求乎哉

呻吟語是讀透經文隨事指點菜根譚是歷盡人情觸物說法二書皆平易近情發人猛省勝於空疏迂腐太極理氣之說多矣

恒言逆來順受是順理之謂非一味含容之謂彼以無情無理相加我不以無情無理相報而以順情順理相待所謂以直報怨以德報德斯得其中矣若苟且偸安自討淸淨諸凡廢弛任人蹂踐概引逆來順受爲詞然則

湯武征誅豈非千古多事之甚而爲篡奪之罪魁哉

昔人有言降敵非難難在降敵之後作何安插耳此語大是有味所謂靡不有初鮮克有終也大凡辦事有如治病不難於立法而難於接方有效當如何收功無效當如何易轍定見在胸隨機變化詳審病狀據證措施不因其病危見彼呻吟皇遽而爲之矜持不因其病微見彼行止未礙而爲之苟且一矜持

則不敢爲矣一苟且則貽後患矣故君子處事先求平心勿忽於小勿餒於大勿苟於簡勿憚於繁勿因緩而生懈怠勿因急而徒恐慌勿因輕而不致力勿因重而失主宰事雖有大小繁簡急緩重輕之來而此心常抑揚而進退之總視之如一庶乎無所紊亂而克全終始矣若反而例之則忽於小者必餒於

夫苟於簡者必憚於繁生懈怠於緩者必徒恐慌於急不致力於輕者必失主宰於重觀人於微愼終於始又可於無事時之舉動而知其御事時之才幹於經始時之出入而知其臨終時之結果矣

子華子曰（子華子程氏名本字子華晉人也與孔子同時孔子嘗稱爲天下之賢士）元者太初之中氣也天帝得之運乎無窮后土得之溥博無疆人之有元百骸統焉古之制字者知其所以然是故能固其元爲完具之完殘其所固爲寇賊之寇加法度焉爲冠冕之冠故曰殘固之謂寇毀賤則爲賊夫穿垣竇發鎘鐍其盜之細也夫又曰渾淪鴻濛道之所以爲宗也徧覆包涵天之所以爲天也昭明顯融帝之所以爲功也道無依阿天無從違帝無決擇然則心烏乎而宅道心天也天心帝也帝心人也人心之心莫隱乎慈

莫便乎恕赤子匍匐使我心惻隱於慈故也淩波而先濟跋而望乎後之人便於恕故也此心之弗失焉可以事帝矣可以格天矣可以入道矣此心之弗存焉道之所去也天之所譴也帝之所誅也古之制字者此茲爲慈如是爲恕非其心也則失類而悲是以挾道理以御人羣者庸詎而怨諸按如此解字甚爲有趣觸類推之可以無窮視漢人穿鑿於

六書者爲何如耶予法子華子之說而會其意試爲貧賤富賢四字作一解曰貝者財也分其貝其字則爲貧兩戈而敵其貝其字則爲賤宀下一口口下有田其字爲富貝居人下曰拱乎人其字爲賢然則富者必力田爲本而以營職修業抱樸敦厚之是務反則田蕪貝散而將貧矣賢者必輕貝若遺而以奉公潔己治世安人之是務反則營私攘貝而

將賤矣古之制字者各具微意詎可忽諸臆度野語書之一笑宀音綿交覆深屋也曰古〔宀分〕字說文云貧从貝分聲賤从貝戔聲富从宀畐聲貴从貝臾聲漢人重聲故許氏解字多若此後世有不宗許氏之說者郎譏爲非古試觀子華子書內所舉數字之訓義是又可以不爲許書所囿矣起叔重而論之或亦不以予言爲詩也

諸子之書鬻子最古其篇目次第本殘闕錯亂多不可曉況子書篇名多係後人所標題非盡著者之自定不必求甚解也而唐逢行珪强爲註解一何無謂

於陵子之說出世者也野趣逸情讀之澹然其意近莊列特視莊列爲隘耳

墨子非儒篇爲墨氏門人所臆造前人論之綦詳無可疑矣其妄詆孔子固不足與辯然孔子之流沾沾然自號爲儒士者其迂曲僞飾之態亦未嘗不無若是者也孔墨同時述其學者師承未久即皆漸違本旨更可見孔

子之徒在當時已有若是者又何怪夫千載以後去之愈遠而失之彌甚矣乎

人之爲文皆喜新而惡陳然有意求新則怪而不經矣必不求新乃能新也有是物有是事卽有是理天地萬物往古來今無一不可驅入筆端藴釀而出之豈有窮哉豈有盡哉無窮無盡則字字皆新且將言不盡意應接不暇何暇求取於陳哉總之道不遠人理在目前愈求諸高遠愈形陳腐愈徵諸淺近愈覺新雋如予不信請觀兩漢以前之古書可怳然悟矣

予今年講習作文之法初由致力於史記尤於項羽本紀一篇熟讀而切究之因以窺太史公之樊而有以知班書之猶未離文士之席也繼讀孟子以嘆其閎韓歐以覩其派又讀明之歸震川文所以凝質楊椒山文所以

堅骨金正希文所以豪氣復涉獵諸子以窮其變化瀏覽羣集以辨其純駁於是駸駸乎稍知所取裁矣若由此循繹以求之優游以育之則十數年後或漸進而有可觀者歟

予自壬子以後屏居刱迹息影空齋深慙牆面銳志力學窮晝申旦鑽仰彌殷始而飣餖訓詁漸而藻飾潤色繼而覃研淘汰所謂考證也文章也義理也今者漸漸皆淡斂氣思

之要貴養和平之機觀造化之大徵諸墳籍驗以身心窮則獨善達則兼善不阿俗亦不非世不失己亦不忤人隨所遇而應之即所居而安之名教中自有樂地等身著作徒耗心血夫剽竊前人之作攺竄而爲己作固最不可即前人已發之理復變其面目而言之自矜以爲獨闢新得其實亦陳陳相因同可恥也試思數千年來聖賢豪傑經生詞客接

踵輩出代有其人人各一書尚有何說未盡何理不完耶今人自立一說初自以爲發前人所未發其實此理前人已先言之盡矣不過彼未見其書耳他人曾見前人已言之書者見彼書望而知爲盜取一笑置之或彼嗣後自見前人已言之書亦無不嗒然若喪矣此顧盦人述其祖所謂得明人書百卷不若得宋人書一卷見亭林文集鈔書自序予爲推而言之

得宋人書百卷不若得唐人書一卷得唐人書百卷尤不若守三代秦漢人書一卷也再進而言之徒博覽萬卷熟記五車不若篤行聖人一言也書至此自顧此册亦糟粕也不如己矣自春迄今瞬且半載東翻西閱毫無專學偶有感觸隨記此册兹區爲上下都百三十五則雖皆瑣細叢雜抑亦頗示己志知我笑我吾無與也時在辛酉六月朔越十日

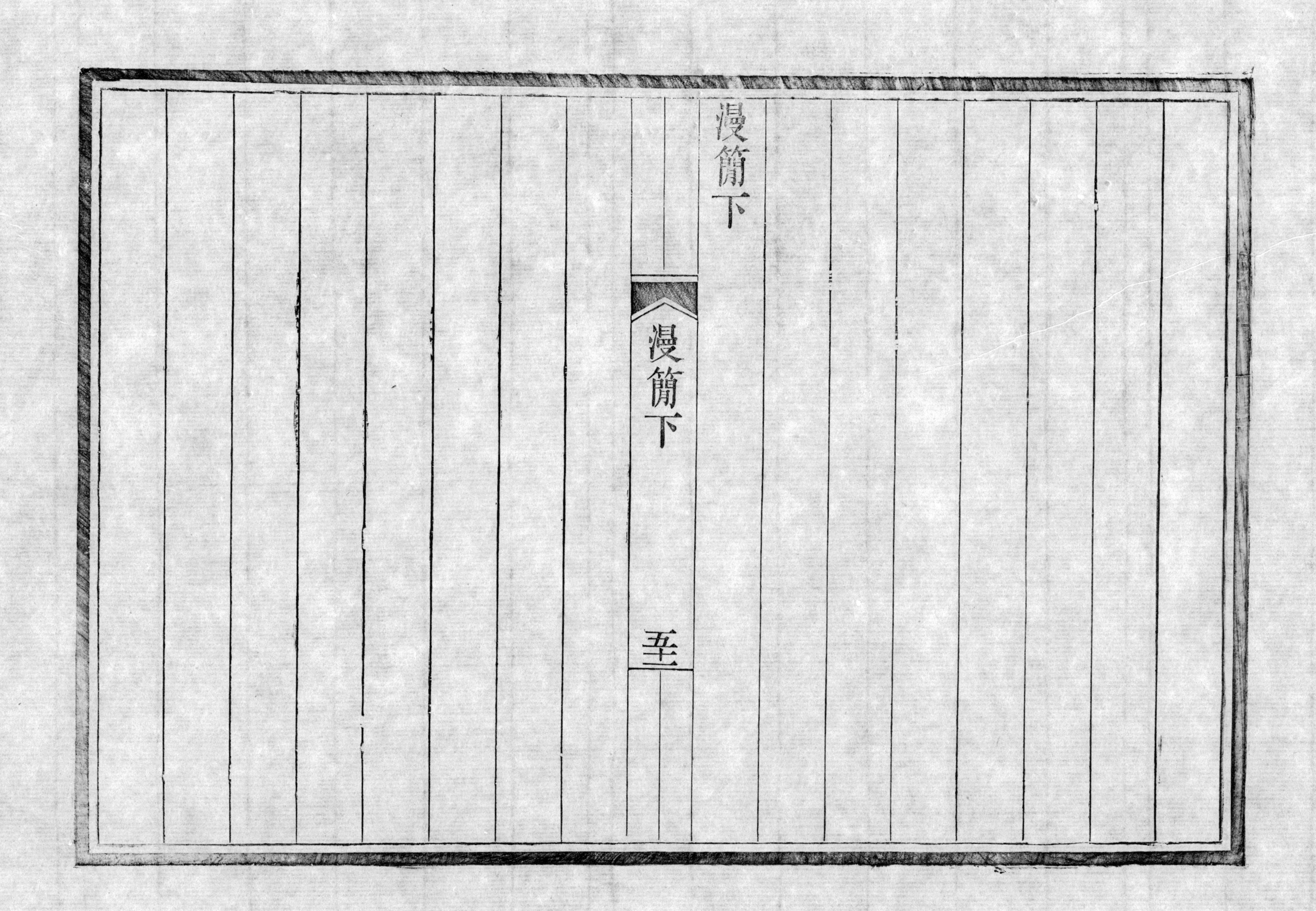
漫簡下
漫簡下
五十三

右漫簡二卷或藉人言以見己意或觀物理以寫我心或因此而悟彼或由小而推大語短而情或長筆拙而理或切不成著作聊以自娛契好讀之求其音於絃外則庶幾知其趣矣辛酉六月望金鉞自跋